任白诗选

常春藤诗丛

吉林大学卷

李占刚 包临轩 主编

任白 著

陕西新华出版传媒集团

太白文艺出版社

图书在版编目（CIP）数据

任白诗选／任白著.— 西安：太白文艺出版社，2019.1

（常春藤诗丛．吉林大学卷）

ISBN 978-7-5513-1589-0

Ⅰ.①任… Ⅱ.①任… Ⅲ.①诗集－中国－当代 Ⅳ.①I227

中国版本图书馆CIP数据核字（2018）第294715号

任 白 诗 选
REN BAI SHIXUAN

作　　者　　任白

责任编辑　　蒋成龙　姚亚丽

封面设计　　不绿不蓝　杨西霞

版式设计　　刘戈

出版发行　　陕西新华出版传媒集团
　　　　　　太 白 文 艺 出 版 社

经　　销　　新华书店

印　　刷　　北京彩虹伟业印刷有限公司

开　　本　　787毫米×1092毫米　1/32

字　　数　　97千

印　　张　　8.875

版　　次　　2019年1月第1版

书　　号　　978-7-5513-1589-0

定　　价　　45.00元

联系电话：029-81206800

出版社地址：西安市曲江新区登高路1388号（邮编：710061）

营销中心电话：029-87277748　029-87217872

一座城的诗意纯度
——《常春藤诗丛·吉林大学卷》序言

城市是一部文化典藏大书，其表层和内里都储藏着大量文化密码，需要有文化底蕴、有眼光的人发现和解析，将来还可以引入大数据手段来逐一破解。譬如长春就是这样一座城。吉林大学等学校的大学生诗歌创作群体及其毕业后的持续活力所形成的高纯度的诗意氛围，使得长春在中国文化地理版图上扮演着不可或缺的角色，称其为中国当代诗歌重镇，毫不为过。呈现在眼前的这部诗丛，就是一份出色的证明。

20世纪80年代以降，以吉林大学学生为突出代表涌现出了一批长春高校诗歌创作群体。他们的深刻影响力、持久的创作生涯，为长春注入了经久不衰的艺术基因和特殊的文化气质。只要稍稍留意，就会强烈地感受到这一点。

诗歌不是别的，而是形而上之思的载体。这是吉大诗歌创作群体的一个共识和第一偏好。对诗歌精神的形而上把握近乎本能，将其始终置于生命与世俗之上，成为信仰的艺术表达，或其本身就是信仰，在这一点上从未动摇和妥协，从未降格以求。这，让我想到了一个词：纯粹。

是的，正是这种高度精神化的纯粹，对艺术信仰的执念，对终极价值不变的执着，成为吉大诗人的普遍底色。几十年来诗坛流变，林林总总的主张和派别逐浪而行，泥沙俱下。大潮退去，主张大于作品，理论高于实践的调门仍在，剩下的诗歌精品又有几多？但是吉大诗人似乎一直有着磐石般的定力，灵魂立于云端之上，精神皈依于最高处，而写作活动本身，却低调而日常化。特立独行的诗歌路上，他们始终有一种忘我的天真和浑然，身前寂寞身后事，皆置之度外。"我把折断的翅膀／像旧手绢一样赠给你／愿意怎么飞就怎么飞吧。"（徐敬亚《我告诉儿子》）这是一种怎样不懈的坚持啊！但是对于诗人来说，这却是再自然不过的事情。当苏历铭说："不认识的人就像落叶／纷飞于你的左右／却不会进入你的心底／记忆的抽屉里／装满美好的名字。"（苏历铭《在希尔顿酒店大堂里喝茶》）这并不只是怀旧，更是对初心的一种坚守和回望。我同意这样的说法，艺术家的虔诚，甚至不是他自己刻意的选项，而是命运使他不得不如此。虔诚，是对于信仰与初心的执念，是上苍的旨意和缪斯女神在茫茫人海中对诗人的个别化选择，无论这是一种幸运，还是一种不幸。不虚假、不做作，无功利之心，任凭天性中对艺术至真至纯的渴念的驱策，不顾一切地扑向理想主义的巅峰。诗歌，是他们实现自我超拔和向上腾跃的一块跳板。吉大诗人们，就是这样的一个群体。

诗歌在时代扮演的角色，经历着起起落落。当它被时代挤压到边缘时，创作环境日趋逼仄，非有对艺术本体的信仰和大爱，是不可能始终如一地一路前行的。吉大诗人从不气馁，而是更深沉、更坚忍，诗歌之火，依然燃烧如初。当移动互联网带动了诗歌的大范围传播，读诗、听诗和诗歌朗诵会变得越来越成为时尚风潮的时候，吉大诗人也未显出浮躁，而是不以物喜，不以己悲，保持着不变的步伐，从容淡定，一如既往。这从他们从未间断的绵长创作历程中可以看得出来，并且是写得越来越与时俱进，思考和技艺的呈现越来越纯熟，作品的况味也越来越复杂和丰厚。王小妮、吕贵品和邹进等人笔耕不辍四十年，靠的不是什么外在的、功利化的激情，而是艺术圣徒的禀赋，这里且不论他们写作个性风格的差异。徐敬亚轻易不出手，但是只要他笔走龙蛇，无论是他慧眼独具的诗论，还是他冷静理性与热血澎湃兼备的诗作都会在诗坛掀起旋风。苏历铭作为年龄稍小些的师弟，以自己奔走于世界的风行身影，撒下一路的诗歌种子。其所经之处，无不迸射出诗歌光辉，并以独一无二的商旅诗歌写作，在传统诗人以文化生活为主体的诗歌表现领域之外，开拓出新的表现领域，成为另一道颇具前沿元素的崭新艺术景观。他从未想过放弃诗歌，相反，诗歌是他真切的慰藉和内心不熄的火焰。他以诗体日记的特殊方式，近乎连续地状写了他所经历的世事风雨和在内心留下的重重波澜。所以，在不曾止息的创作背后，在不断贡献出来的与时俱进的诗境和艺术场域的背后，是吉大诗人一以贯之的虔诚。这种内驱力、内在的自我鞭策，从未衰减分毫！

　　吉大诗人的写作在总体上何以能如此一致地把诗歌理解为此生安身立命的精神家园，而不含杂质？恐怕只能来自他们相互影响自然形成的诗歌准则，在小我、大我和真我之间找到了贯通的路径，可以自由穿行其间。

例如吕贵品眼下躺在病床上，仍然以诗为唯一生命伴侣，每日秉笔直抒胸臆。在他心中，诗在生命之上，或与生命相始终。在诗歌理念上，他们是"六经注我"，而非"我注六经"。主观意象的营造，化为客观对象物的指涉；主观体验化为可触摸的经验；经验化为细节、意象和场景，服从于诗人的内心主旨。沉下身子的姿态，最终是为了意念和行为的高蹈，就像东篱下采菊，最终是为了见到南山，一座精神上的"南山"。

但是在写作策略上，吉大诗人则又显出了鲜明的个性差异，这可称之为复调式写作、多声部写作。在他们各自的写作中，彼此独立不羁，他们各自的声音、语调、用词、意境并不相同，却具有几乎同样不可或缺的个性化地位，这是一个碎片式的聚合体。不谋而合的是，他们似乎都不喜欢为艺术而艺术，而艺术之背后的玄思，对精神家园的寻找和构建，对诗歌象征性、隐喻性的重视，似乎是他们共通的用力点和着迷之处。他们从不"闲适"和"把玩"，从不装神弄鬼，也不孤芳自赏地宣称"知识分子写作"；他们对"以译代作"的所谓"大师状"诗风从来避之唯恐不及。但是他们的写作却天然地具备知识分子化写作的基本特征，那就是独立自为地去揭示生活与时代的奥秘与真相，发掘其中隐含着的真理和善。这一切，取决于他们身后学理的、知识结构的深层背景，取决于个体的学识素养和独到见地。他们的写作饱含着悲天悯人的基本要素，思绪之舟渡往天与人、人与大地和彼岸，一种无形的舍我其谁的大担当，多在无意间，所以想不到以此自许和标榜。例如所谓"口语化"写作，是他们写作之初就在做的自然而然的事情，在他们那里，这从来就不是一个"学术"问题。

"口语化"运动本质上是个伪命题，诗怎么会到语言为止？毋宁说，诗歌是从语言层面、语言结构出发，它借助语言和言语，走向无限远。口语，不过是表达和叙述的策略之一，一个小小的、便利读者的入口而已，对于跨入诗歌门槛的人来说并不玄妙。当诗坛的常青树王小妮说："这么远的路程／足够穿越五个小国／惊醒五座花园里发呆的总督／但是中国的火车／像个闷着头钻进玉米地的农民……火车顶着金黄的铜铁／停一站叹一声。"（王小妮《从北京一直沉默到广州》）这是口语化的陈述，写作态度一点都不玄虚，压根就无任何"姿态"可言，它们是平实的，甚至是谦逊的。这既非"平民化"，也非"学院派"，但是我们明白，这是真正的知识分子式写作，这是在"六经注我"。这陈述的背后，有着作者的深切忧思、莫名的愁绪和焦虑，有促人深思或冥想的信息容量。吕贵品、苏历铭的诗歌一般说来也是口语化的，但是他们也从来不是为口语而口语。徐敬亚、邹进、伐柯们的诗歌写作，似乎也未区分过什么"口语"与"书面语"。当满怀沧桑感的邹进说："远处，只剩下了房子／沙鸥被距离淡出了／现在，我只记得／有一棵蓝色的树。"（邹进《一棵蓝色的树》）当伐柯说："一株米兰花在雪地主持的葬礼／收藏你所有站立不动的姿势。"（伐柯《圣诞之手》）这是诗的语言，诗的特有方式，他说出你能懂得的语言，这似乎就够了。说到底，口语与非口语的落脚点在于"揭示"，在于"意味"。"揭示"和"意味"才是更重要的东西。而无论作者采取了什么形式，这形式的繁或简，华丽或朴素，皆可顺其自然。所以，对于吉大诗人诗歌写作，这是叙述策略层面的事情，属于技巧，最终，都不过是诗人理念的艺术呈现罢了。倒是语言所承载的理念本身，其深邃性和意味的繁复，需要我们格外深长思之。

当诗人选择了以诗歌的方式言说，那他就只能把自己的全部人生积累，包括他的感悟、经历、知识、生活经验和主张无保留地投入诗歌之中。吉大诗人对诗歌本体的体认上，在诗歌创作的"元理念"上，有着惊人的内在默契，这可能和一个学校的校风有着内在的、密切的关联。长春这座北方城市与北京、上海、成都、重庆、武汉都不一样。坐落于此的吉大及其衍生出来的诗歌文化，没有海派那种市井文化加上开放前沿的混杂气息，也没有南方诸城市的热烈繁茂的词语，所以在诗歌风格上从不拖泥带水，也无繁复庞杂的陈述，而是简明硬朗，显出北方阔野的坦荡。同时，与北京城的皇城根文化的端正矜持相比较，聚集在长春的诗人也没有传统文化上的沉重负担，更显轻松与明快。用一位出生于长春的诗评家的话说，流经白山黑水之间的松花江，这一条时而低吟时而奔涌、气势如虹的河流，塑造了吉大诗人的文化性格，开阔、明快而又多姿多彩。所以就个体而言，他们虽然从共同的、笔直的解放大路和枝繁叶茂的斯大林大街走出来，但一路上，他们都在做个性鲜明的自己，一如他们毕业后各自的生活道路的不同。而差不多与此同时，与吉大比邻而居的东北师大，也沿着我们记忆中共同的大街和曾经的转盘路，徐徐靠拢过来。这里有三位——以《特种兵》一诗成名的郭力家，近些年来在语言试验上反复折腾，思维和语句颇多吊诡，似乎下了不少功夫；李占刚的单纯之心依旧，这位不老的少年，却总有沧桑的句子，令我们惊诧不已："你放下的笔，静静地躺在记忆里／阳光斜射在记忆的一角／那个下午，室内无边无际。"（李占刚《那个下午——致托马斯·特朗斯特罗姆》）任白则是一位思考深邃、意象跳跃的歌者，他的那首《诗人之死》令人印象深刻，洞悉了我们隐秘而痛楚的心："我一直想报答那些善待过我的人们／他们远远地待在铁幕般的夜里／哀怨的眼神击穿我的宁静。"

所以，从长春高校走出来的诗人，有一种与读者相通的精神和平等交流的诚挚，他们以看似轻松、便捷的方式走近读者走进社会。其实，每一段谦逊的诗歌陈述的内里都深藏着骄傲而超拔的灵魂。其本意，或许是一种力求不动声色的引领，是将艺术的奥秘和主旨，以对读者极为尊重的平等方式，给出最好的传达之效和表达之美。在艺术传达的通透、顺畅与艺术内涵的高远、醇厚和深远之间寻找平衡。正是这样一种不断打破和重新建立的尝试、试验的动态过程，正是这种不仅提供思想，还同步提供思想最好的形式的过程，推动了他们诗歌创作的前行和嬗变。

这，应该是长春城市文化典藏中潜藏着的密码的一部分。诗歌的纯度，带给这座城市强大的精神气场。作为中国当代先锋诗歌重镇之一，长春高校与上海、北京、武汉、四川等高校的诗歌创作形成了共振，成为中国朦胧诗后期和后朦胧诗时代的重要建构力量，构成了中国当代诗歌一段无法抹杀的鲜亮而深刻的记忆。就诗人本身而言，大学校园及其所在的城市是他们各自的诗歌最初的出发地。现在，他们都已走出了很远，身影已融入当代诗歌的整体阵容当中。其中，一串人们耳熟能详的响亮名字，已成为璀璨的星辰，闪耀于当代诗坛的上空。我因特殊的历史机缘，对这些身影大多是熟悉的，也时常感受到他们内在的诗性光辉。他们在大学校园中悄悄酿就文化的、艺术的基因，慢慢丰盈起来的飞翔于高处的灵魂，无论走得多远，我似乎都可以辨识出来。它们已化为血液，奔流于他们的身心之中，隐隐地决定着他们的个性气质和一路纵深的艺术之旅。

包临轩

2018 年 3 月 10 日

目录

辑一

远行（2016）

辑二

身世（2016）

辑三

于是我开始给你写信（2016—2017）

辑四

那些不肯死去的夜晚（2015）

辑五

短歌（2014）

辑六

往事（2013）

辑七

札记 （2007—2008）

辑一

远行（2016）

远行

这一年，我没有远行

写下这一句

突然惊觉

其实很多年都没有远行了

坐飞机十个小时

然后观光和拍照

还有各色宴饮

在异域留下呕吐物而不是血泪

没有长谈、冲撞和自我辩难

算不得远行

没有在垂死中贴地飞行

没有在午夜的镜中清洗血污的虹膜

也算不得远行

我坚持写作

酒后或午夜

想象荷尔德林和米沃什

常常感到虚弱

那些热烈的柴薪

暴雪中的酒杯

在哪里

那些虐恋长旅的游魂

在哪个纬度

那些英雄的面容和臂膀

在海拔多少米高程

是的，我们什么都不缺

愿景和敌人

依然率领爱情

在十七楼培养肾上腺素

培养烧杯里的乐园

直到一个泡沫鼓舞另一个泡沫

去焰火的响声里过夜

驱逐者被驱逐了

失乐园者也失去荣耀

海滩沙地上的一张人脸

终于被海水抹平

权杖和刀剑

一起沉入水底

现在他们都被钉在墙上了

一些广告文案

来拓印他们的剪影

假期很甜蜜

衰退很煎熬

地铁里一般人在谈论股票

还有金价

王冠上暗淡的余晖

在期指里愁肠百转

但我还是听见里尔克在深秋嗫嚅

那些诗句中古老的敌意

被车轮声惊吓

羞怯而又羸弱

牺牲的蠢动被卸载了

免于广场上讪笑的刑罚

经济人理性

温和地笑着

把一份账单推到你面前
还款日，他说
你向后退了一步
不知愤怒和屈服
哪一个才是猜对了的暗语
隆隆开启智慧城市

这时候写作才是庇护者
每一字都是一个散兵坑
是一间异乡的客舍
诗人何为
荷尔德林之问
带着生涩的德国口音
偏执、唐突
但他还是抓住了你的衣领
要带你去国境线
去地缘冲撞的激愤的山脊
去贫困的队伍无法抵达的节日市集
去指纹锁看守的史诗的密室
时间之尘藏起浮雕

而触摸屏后面的乳房已经干缩

可是你仍然不知该如何开口

花团锦簇的诗学不是很好吗

语言的盛宴不是能为长夜补妆吗

你感到自己的口音正在变得古怪

古怪到需要翻译

需要那些天使投资人

停下来，像医生那样打量你

拉着你的手说

没有万全之策

如果疼得厉害

你可以大声喊出来

那样我和护士

就会听见

就会召集更多的人

建一座比迪拜塔还要高大的诊所

一个新的地标

盛得下所有蛋白质的慌乱

所有传感器的怕与爱

而晚祷声就像一片黑纱

从天边飘来

就要下雨了

那些泪水从远行中归来

带着从炮火中逃逸的硫黄味道

更多的是委屈

是被压缩成鬼脸的职场记忆

我们的鬼脸

要抵挡更多的鬼脸

一些被冤魂烧焦的讣文

还有数不清的处方签

对不起，医生

这里没有人懂拉丁文

所有古奥艰涩的语言都被限制入境

只有德里达

一位法籍的拆迁办主任

来和我们一起共事

有时候我们是快乐的

在原住民被赶走之后

我们在夜市上宴饮无度

制服成排地挂在墙上

如同风干的僧侣

就这样吧
一年将尽
我在夜市上的身影
被日历曝光
时光都去哪儿了
我还在原地
诗人何为
僧侣和酒徒何为
穿西装的销售经理何为
握着枪管的警察何为
夜市上呕吐的苍白女孩
你欲何为

就这样吧
在天亮之前
还可以小睡一会儿
去梦里查看账户余额
或许梦见去一个地方

搭乘缓慢而又坚定的邮轮

躺在甲板上

四肢瘫软地感到

一种无法逆转的移动

然后在一个岛屿登陆

陌生的陌生的陌生的岛屿

陌生到可以在海边的倒影里

孵化珊瑚和白日梦

孵化另一张人脸

然后在落地签证尚未办结的时候

在褐色皮肤的海关人员

愉快地露出她的白牙的时候

像记住了前世恩仇的少年一样

醒来

2016 年 12 月

辑二

身世（2016）

身世

一堵墙站在午夜最纤细的地方

挡住土木的往事

挡住石头溶蚀的内心

（那些砂浆完全溃散了）

你感到孤单

深空里那些巨大的石头

都在远远地看着你

它们旋转燃烧

为了炼成一座神庙

安放宇宙之心

你将信将疑

偶尔在那堵墙上

触发不安和羞愧

嗅到花朵和土地的腥味

（谁曾在此欢爱）

为自己的身世惶惑不已

可是，你的身世是谁的身世

羲和和阿波罗的身世

共工和西西弗斯的身世

武圣关羽的身世

俄狄浦斯的身世

星座和墓碑的身世

墙和石头的身世

昨天和明天的身世

灵魂的身世

血肉的身世

追认和续写的身世

你们爬上一堵墙

就是史册里光荣的伤痕

苟活者

他离开之后
罪名苟活下来
虽然家谱的门关着
历史用一种敦厚的羞赧
鼓励后人们安居乐业
嗯，遗忘为春天铺设道路
那些绿色的毯子
掩埋很多假寐的骸骨
颐养冤魂
那些雨天
那些水洼
那些燧石般的眼神
那些不愿回家的人
是的，你看到的
就是明天里的春天
就是不知会在哪里折断的旧年

末日的种子

雨下了一个月

辽阔的版图上

种子一头跳进洪水

末日的粮食就像夏天那样招摇

饥饿席卷嘴角残留的词句

喂养尖叫

喂养碎玻璃一样的夜曲

但你仍然想着姿态

好像那是时装周

好像那是死神围观的 T 台

但你仍然想说得聪明一点儿

好像这是颁奖礼

好像这是锦标灿然的赛场

你说，我们都是华丽的部落

是最优雅的族人

最后的忠诚

一定献给最新的溃败

如此那可怕的一幕才不会发生

才会在事后的泥泞中

找到羞惭

作为元气的一部分

在种子的怀里沉沉睡去

镜头

仲夏夜从干花的心里溜走了

远远的还有人影在晃动

房间空荡荡的

看不出一场舞会上

轻声惊呼的镜头

如何锁定新娘

锁定她多汁的肉体

和多梦的夜晚

生活还在继续

一场梦正在慌乱地接近另一场

但是密码在谁手里

谁能说出暴雨为何而来

蜜月过去了

大雪似的梨花等在远方

像值得等待的每一份生活

这一刻漫长而又忧伤

那一年短暂而又芬芳

航线

塞壬的歌声被点燃了

蓝火焰抱住你

围堵迟疑的双眼

贸易风留在十六世纪了

青花瓷在一个故事里留宿

三桅船在船长的酒杯里搁浅

比版图还大的永远是桅杆上的眼睛

是地表曲面另一边的洋面

但是那一切都消失了

你知道，所有码头

所有深水泊位

都在毫无期望地等待

一道训令

一个宝藏闪烁的故事

自动驾驶系统碾压海妖

碾压迷航的时代

大航海

那些看不见的风浪才是尺度

那些摸得到的死亡才是血液

才是传奇的封印

一个故事

明天吞噬后天

于是，它死在了今天

爱从两个方向生长

昨天是起点

明天也是

你终于明白了

饥饿为什么是一种粮食

为了不被明天饿死

你喂养后天的饥饿

喂养今天的菜单

哦，时间多么局促慌乱

你织进每一个失窃的午夜

一条旧围巾

在今世的胸前

拦截夜寒

但是风一直在追杀

城已破

给明天的吻沦陷在今晚

我们一起逃吧

像闪电逃出黑暗

你比烟花寂寞

我比雷声孤单

重逢

重逢有一双肿胀的翅膀

在凌晨的双色天空下

你向着记忆中昏睡的地峡

向着孤魂边老旧的长椅

缓慢地滑翔

骚乱刚刚过去

她的脸还镶嵌在一篇讼词里

羞赧的污迹

还未退却

恐惧就来驱赶我们

开始迁徙

好吧，我们逐水草而居

我们在夜晚的边上筑巢

我们学习做幸存的幸存者

我们疲惫地微笑

收起翅膀

余下的力气都用来删除指令

就像黎明

就像干净的早餐桌

面包新鲜

咖啡温暖

又是一个新的明天

被祝福的海尔格

你是很多女人

平凡而又健康

鼓胀的肉体

在寒温带的阳光里

和雪地上移动的树影对视

你像她们一样委屈却又淡漠

男人云雀般迅疾的目光

掠过你时翅膀划伤了嘴唇

划伤尘世的号角

生命飘忽

云霓间的几个起落

就替你总结一生

可怜而又珍贵

像是一枚勋章

纠结无数血泪

来此和解

是的，安德鲁·怀斯

你是唯一的灵媒

比米开朗琪罗还要孤绝

还要抵挡更多灰尘的噬咬

我们都去过缅因州

都曾无声地交付

时光和远行的脉搏

但是忍耐拯救了我们

一片叶子

一声不响地睡在冬天的怀里

从不惊扰信仰

不惊扰若有若无的恩惠

而春天回来的时候

也未提及

那十四个寒暑

也未提及

他的凝视

就是解救和恩宠

漫天浮尘

漫天浮尘

一股血腥猝然获释

古战场粗鲁地醒来

拥抱不知所措的街区

是的，很多秘密就在身边

在某个不知名的角落

如同夜晚低语的爱欲

如同残梦的宿敌

席卷年轻人简陋的床铺

是的，你像一只青芒果

在这危险的洞窟敞开之后

危险地生长

带着青涩而又甜蜜的气息

鹅黄色的内衣

挑衅的胸腹

看到你我一下子就病了
准备用最美的方式
奔赴死亡
奔赴那个豁然敞开的国土
深呼吸，你说
听不见的咒语
把所有爱和黑暗的故事
穿起来了
我们找到了快乐的鼓点
替无辜的人们代言
替他们欢爱和舞蹈
替他们寻找最美的死亡

越过国境

夏天，我们越过国境

向着星辰栖落的土地

孤军深入

你从未预料

地图上的刻度都变了

每一轮生死

都会抵达一个大陆的边缘

港口的灯火

是热气蒸腾的乳房

也是依然离家的箭矢

维纳斯啊

你总是在这时一跃而出

跃向蚌壳外无边的飞沫

而浪涌的野心

也单纯得像一片帆

像少年的力量

对时间充满信心

和季风彻夜厮缠

好吧好吧

一份旧海图

收藏从前此后的所有故事

而新大陆在谋杀船长

谋杀贸易风秘密盟誓的海湾

匆匆赶路的洋流

孤单的座头鲸

乳房镀银的海妖

也在寻找

归途中的尤利西斯

浪涌的饵料

大海的传奇

层层包裹的种子

歌唱

我歌唱

是因为我没有别的办法

在一件好事面前

手足无措

像那么多无耻的人

世世代代

荒废好运的恩典

也许歌声可以像丝带

把礼物牢牢地捆住

牢牢地在长途汽车的行李箱里

把它固定在一个最安全的地方

让它为整个行程担保

甚至在我们下车之后

还待在那里

像约柜那样

等着勇敢的人

虔信的人

前来赴约

辑三

于是我开始给你写信
（2016—2017）

一枚银币

清辉铺就的夜里，你是一枚开朗的银币
在那么多穷孩子的梦里闪闪发光
你像年轻人的爱情一样守时
总是在身体从疲乏中醒来的时候起身
去最近的市集上歌唱
你去歌唱，去找同样年轻的力量
然后待在一起，说
我们就是这样
这才是我们该记住和保持的样子
清新健朗，但又带着累世凝聚的元气
和花纹里的暗语
像银子那样从岩层里走出来
在怀里藏好宇宙秘史，纵声歌唱

有一天

有一天，你过河入林
美杜莎的发辫在深秋飒飒舞动
你知道目光总会被劫掠
总会随时间弯曲
并从背后追上自己
给垂老的肩头致命一击
但你还是想再走得远一点
就像一支箭矢
渴望在坠落之前每一个灰尘的云朵上
屏息凝神
足够找到一声最明亮的叹息
为自己送行
太阳升起来了
你挺挺脊背
看见自己的影子变得又僵又直

是的，你输得很惨

但是你的姿势很美啊

红字

傍晚，雨从南方赶来

急切地洗刷

一个形销骨立的夏天

在它盐酸一样汹涌的牙齿后面

北中国的沉默只能用饥饿的良心倾听

影子的楼群

软弱的斑马线

一些哭声穿着雨衣出门

去大地深处寻找他们的兄长

瘦弱的微笑的兄长

和平的贫病的兄长

额头上锻着红字的兄长

在你耗尽灯座里的油脂以后

愤怒的雨水冲出河床

到处通缉隐居的历史

和心碎的史官

人子啊，你的谎言还是结晶了

还是在那些卑微的时刻高声叫喊

重新为时间标注起点

为喉咙建筑星光的圣殿

我们说再见

我听见身体在时间的槽里摩擦时发出的声音
一万面丝绸的旗子捂住嘴巴，然后撕裂
有些血肉被毫无征兆地留下来了
那些史官，手指苍白地挥舞着镊子
大广口瓶像先贤祠一样幽深
像官修的正史在神位上端坐
你呀，这么多冤死者谁能数得过来
只能互相忘记，体贴地给后来者留出胃口
明天，明天从另一个早晨开始
而我们说再见，再见
新的血肉懵懂而又勇敢
新的旅行将穿成亿万个沉默的珠串

傍晚之诗

傍晚的时候

光线变得虚幻而又吝啬

历史就是在那一刻开始沉没的

并拖累记忆一起下沉

从此光线不再是天国里的金币

身边的人也不再是你

而是恐惧

是时间背叛的本性

而是怀疑

是影子向山下走去

但是你还是应该站在窗口

长久地盯着吞下最后一丝夕照的地方

猜想一份恶意如何消化

自己和宇宙怀里的爱火

像猜想一只猫的死活

然后把自己挂在空中

成为骄傲的赌注

所有扑过来的东西都是有形状的

在高速公路上

车窗大开

这时，迎面扑过来的东西都是有形状的

风是有形状的

大幅的连绵不绝的绿色是有形状的

速度是有形状的

一直在前面领跑的道路也是有形状的

你开始感激物理世界如此辽阔

而属于你的一小段时间

像荷叶上的水晶球

冲动地奔跑

危险地欢笑

这一切真的很好

这微小的自由

结实而又新鲜

风的形状是一只愤怒的拳头

绿的形状是一块透明的果冻

速度的形状是一串焰火

道路的形状是一条解放了自己的鞭子

我相信有那么一些时候

我相信有那么一些时候

老天纵容一群恶犬

来撕咬你的忠诚

你的泡在药水里的冬日之诗

你的寂寥透明的吟咏

没有人让你扼守

死亡蜂拥的城门

那些绿色的舌头

腐败的疯狂的手指

瘟疫般难以阻止的溃败

都像命运一样尊贵

像死亡一样不容置疑

但是你的倔强在水中开花

天阶上闪亮的水晶扶手

在孤寒中低语

那么多星星死在黎明

那么多曙光抱走了战死者的骸骨

额头

宇宙最后的泛光地带

在夜晚遁入密林

歌声蜷缩起来

附着在云彩最靠近星光的地方

但在我的阁楼上

你的额头

苔藓一样的光芒

紧贴着我的贫困

如同爱情的亵衣

藏起窘迫

藏起倔强的勇气

是的，雨天你总是昂着头走路

在去超市的路上

也像去非洲

马赛马拉，或者合恩角

牺牲的水晶在脚下喧哗

而垃圾车在身后如影随形

但是你的脚踝像瞪羚

记住了大迁徙

跳跃和恐惧的季节

记住了桉树上的夕阳

记住了神在天上说

没有英雄

人在哪里

也记住了尘世的呵斥

没有痛哭

神在哪里

一次死亡做不了什么

——纪念王小波逝世 20 周年

一次死亡做不了什么

就像一个冬天

扣押洪水

以奔腾的姿势一动不动

二十年过去了

更多死亡众声喧哗

你沉默不语

数不尽的诗歌

和数不尽的哭声

没有暗示溪水的流向

没有宣誓春潮的力量

我只能找到你的眼睛

在一个郊外的小酒馆里和它对视

一瓶烈酒抵得过一个时代

一场宿醉淹没所有昨天

然后呢

饮者散去

餐桌上只留下你的杯子

深得如同一眼古井

我们都错过了亚历山大的大火

错过了托勒密的谬误

历史欠我们很多场葬礼

缓慢而又庄重

足够熨干所有血泪

让活着的人感到明朗的安慰

但它总是不动声色

迅速删除死者的户籍

让屈辱成为一种燃料

坐在冬天的怀里

越烧越冷

我怀疑那些星座里的密语

是虐恋者为你留下的

残酷而又深情

而你顽皮地笑着

像死过一百次那样笑着

说未来是银子的世界

当热寂降临

大批死亡汇流成河

向着未知的海洋

奔腾歌唱

端午怀屈原

空寂的北方也有一条大江

从雪山死去的火山口缓缓而来

她的身体是凉的

如同水边的那些眼睛

夏天傍晚靠近她的时候

你的双脚仍能感到历史隐隐的刺痛

江面没有龙舟

冷水鱼的幽灵待在水下最为幽暗的地方

有些夜晚我在江边看星星

看被你的追问捕获的那些灯盏

被江水抱着，一遍一遍地淘洗

感叹智识为人类带来的寒冷的荣耀

日月安属

越来越广大的宇宙是拥抱你还是抛掷你

后来者无从逆料

含英咀华的嘴里充满沙暴的味道

充满深夜的恶名

是的，我们不再是星空下的华族

沧浪之水带着南方的腐殖质

把岸芷汀兰送进断代史

而坠露与落英堆叠而成的冲积平原上

稗草也已建国千年

后来，整整一生

我们都对着一种五花大绑的食物发呆

想知道它被谁诅咒

它的心里睡着什么样的力量

想知道它解放的那天

我们的胃和喉咙

谁在歌唱

女儿的背影

文锦渡海关

一个高大的制服女沉默不语

她的无措被生硬地藏起来了

两只大行李箱不断绊倒我

一个中年难民

带着胖乎乎的女儿

闯进港岛

女儿的愿望也是胖乎乎的

她英语很棒

新学的几句粤语很棒

正在发育的渴望也很棒

从后面看她走路时一耸一耸的样子

我有些难过地想

总有一天

你的目光会从她的背影上被抖落

如同一些叶子

被秋天抖落

和泥土重新缔结一份远期合约

躲在毫无声息的种子里苦修

对春天将信将疑

对轮回恪尽职守

想着有一天

这个胖乎乎的背影

总能被一份早餐鼓舞

被一份晚餐安慰

被明天

被明天的明天

亲昵地抱在怀里

黄昏时你轻声歌唱

黄昏时你轻声歌唱

若有若无的歌词和曲调

夕阳般落在你的发间

屋子里安静极了

只有食物在砂锅里窃窃私语

午夜时你轻声歌唱

时断时续的歌词和曲调

像渴睡的手指

搭在他的肩膀上

门窗一如昨天沉默不语

清晨时你轻声歌唱

没头没尾的歌词和曲调

拍打没头没尾的光阴

如同数着竹节

叩问岁月隆起的部分

正午时你轻声歌唱

忽高忽低的歌词和曲调

像初次翘班的云彩

为你擦去满脸汗水

讨论哪个朝代的拓片最甜

于是我开始给你写信

我看见你在另一个城市
独自一人吃晚餐
你割破的手指伸进酒杯
搅动，接着把酒液一饮而尽
于是我开始给你写信
寄到世界上最孤寂的地方

在海上航行了一个月
船长把自己捆在桅杆上
但一个海妖也没有出现
海平线遥远得让人心慌
于是我开始给你写信
寄到世界上最空旷的地方

雷暴捣碎分水岭的时候

我正在另一个大陆旅行

不远的地方战火重燃

和平协议像多角爱情难以宁息

于是我开始给你写信

寄到世界上最无措的地方

我泡在酒吧的下丘脑里

基因组狂躁不已

它们彼此拷问

想知道癌细胞在哪个夜晚突袭国家电台

于是我开始给你写信

寄到世界上最癫狂的地方

我在去北极的路上停了下来

有人正飞往火星

更多的人飞往冥界

我抱着自己的里程表彻夜难眠

于是我开始给你写信

寄到世界上最恐慌的地方

我已经有些老了

但体内幽禁的那个少年仍在叫骂
那么多黄昏在排队领取街灯
书房里的所有书籍都哭累了
于是我开始给你写信
寄到世界上最倔强的地方

噩梦正路过两千年后的一座城池
厌恶地在后视镜里看见一个怪物
巨大的头颅像雷达一样惊恐地旋转
仍然没有发现频率相同的信号
于是我开始给你写信
寄到所有你在的地方

天路
——夜读《朋霍费尔传》，带着巨大感慨沉沉睡去

荣耀而又危险的隧道

在一个不可撤销的夜晚

引燃圣徒沉睡的语录

在天幕上静静燃烧

热切的眼睛

从来不曾睡去的星座

冒犯我们，和我们

漏洞百出的睡眠

时间总是辜负热血

辜负绝世的孤勇

一个落寞的骑士

锦衣夜行

比堂吉诃德还要愚钝

比使徒路德还要热忱

去敲那些福音尚未敲开的门

去探访庞贝一样沉寂的街区

那些牙齿还在

但嘴唇和应许杳无踪影

冻土层没有藏好那些信件

我们只好寄望腐殖质

有一天幡然悔悟

绕很远的路

去一个我们困守的春天

从草尖探出头来

吻我们冰冷的脸

一遍又一遍

吻我们僵硬的脸

一遍又一遍

凌晨四点

凌晨四点

一切都陷在美妙的停顿之中

马达和嘴唇

和命运向着终点的奔跑

和我在战场上面对自己的恐惧

都停下来了

我在喜马拉雅山上听海浪声

窗外雪花阻挡浪花

但还是阻挡不了

椰子掉落海滩上的声音

时空爆炸的时候

忘了这一切都会回来

都会像哀悼者那样

排着长长的队伍

在我的枕边放满鲜花

好吧，谢谢你们

你们回来的时候

刚好我从短暂的死亡中归来

刚好我在聆听

寂静里那些亲切从容的响动

那些和平甜蜜的响动

我感到快乐

然后又困了

好吧，我会再睡一会儿

然后起床

在安息日后的第一天

听见造物主轻声歌唱

淋浴

清晨，在橙子园

冰锥一样的香味

从分子容器里一跃而出

浴液拖来一座假山

金色的橙子在山坡上爆裂

甜美的化学武器

凛冽地充溢

一场淋浴重建的生活

赫然出现在地球表面

我们都是勇敢的人

不断拆下肋骨

为时光专列铺下枕木

用人工蛋白喂养美丽的女儿

用碳酸饮料代替泪水

清洗明天的歌谣

但是从船上抛撒骨灰的时候

你咬破了嘴唇

歌声在海面上迫降

翅膀上沾满血痕

等信的人

黄昏时我在写信
长长的没办法写完的信
我感到疲倦
这个黄昏和上一个黄昏
有什么不同
这双眼睛和上一双眼睛
谁能盛下更多的酒液
日复一日，我越来越盼望
在这封长信的尽头
黄昏陷落成一个巨大的杯盏
火山湖，强忍心底的愤怒
整夜与我们对饮
每喝掉一杯都红着眼睛说
我们，都是等信的人

午夜

午夜，星群坠落江底
倒置的焰火发出轰鸣
我在窗边吸烟
等着这耀眼的时刻过去
我知道我的耐心足够
和这不为人知的一瞬相撞
撞碎另一场焰火
这其实是拯救和凝视
是对死亡的收留

看见

他们死了

在平行空间

在河的另一侧上岸

最后的热量被抽离

一片星云

飞船般远逝

冷冷的耀斑

照亮围观者的孤寒

我停止阅读

那些经文

那些咀嚼和吟诵的声音

都不能让我开口

发问或回答

那些床铺和手臂

都不能让我枕靠

只有你

死亡穿透的夜晚

引我来到寂静的山脊上

展读命运的残卷

对，死亡有一对凌厉的翅膀

爱情有一张好看的脸

你说你看见了

其实未必看见

秉烛者说
——献给"3·21"国际诗歌日

抱在怀里烫伤自己

举过头顶还是看不见你

夜路很长

海倒扣过来

弄丢了咒语谁能逃出埃及

向着时间的深渊沉降

慌乱即将触底

而明天留在原地

飓风是最后的安魂曲

好吧，现在我要一点儿烛火

我要和你一起

换一身干净的内衣

斑斑盐迹就是语言

我老是梦见无数书籍

在天空中垂下翅膀

文字纷纷从书页中散落

漫天大雪

一场葬礼，掩埋所有先贤

对历史的承诺

记录者死了

骨灰纷纷扬扬

和大雪一起堵住房门

失忆的冬天

我只能放鲁莽的爱情出门

一身单衣，手心里攥着

一句羞怯的暗语

你要向南走

向南走

亚热带还在吗

如果在下一个纬度

看见植物的叶子渐渐变宽

试着张开手心

看一串带泪的诗句会不会升上夜空

进驻那些空洞的房间

像星云捧着星星

说放心吧

当泪水干涸

斑斑盐迹就是语言

英雄

出门之前你剃须沐浴

换上干净的战袍

这并不虚伪

你站在镜子前面

看见上帝和人都离得很远

默默地打量你

两篇讼词或许正在铺陈

关于骄傲和污点

关于胸甲和头盔上的羽毛

关于癫狂的宿疾

关于权力和荣耀的开阔地

你策动战马

速度由慢至快

不可能完成的任务

人马座的桂冠

都在等待

垂死的一击

触发焰火和彩虹

但什么都没有发生

数十光年长旅

没有尽头

任何一次移动

都像一动不动

但是你仍在奔跑

在虚无的时间里无声地奔跑

皮肤

大幕落下

一部悲剧曲终人散

可是那身戏装已经长成了皮肤

紧紧地裹住你

忠诚的皮肤

虐恋的皮肤

现在你要我拿你怎么办

我们的爱情各奔东西

我们的心意去留两难

只是皮肤强韧无比

刀子划一下

它便捧着血珠

拼命弥合伤心的沟壑

愚钝的皮肤

心爱的皮肤

现在你要我拿你怎么办

孤儿的皮肤

深情的皮肤

现在你要我拿你怎么办

那些时光

想起我们在马里安巴度过的那些时光

凌晨，躺在黑暗中

一部多幕剧在天花板上时断时续

想起我们在瓦尔帕莱索度过的那些时光

傍晚，海港的灯火醒来

你说我们去喝点什么喝点有劲儿的

想起我们在巴塞罗那度过的那些时光

在圣家堂，你沉默着留下泪水

你和它都是奇迹

想起我们在布拉格度过的那些时光

从黄金小巷走下山去

看见一串风暴沉入灰蓝色的眼底

想起我们在佛罗伦萨度过的那些时光

我们在小巷里找到了但丁

贝阿特丽丝的双眸是头顶最后的星系

想起我们在京都度过的那些时光
樱花在鸭川的河面上热烈地往生
居酒屋的地板是用棉花做的
想起我们在天宁岛度过的那些时光
青草涉世未深在旧机场上爬来爬去
一场战争在礁石间低声喘息
想起我们在长春度过的那些时光
雪下了又下
凌晨醒了就再也睡不着了
想起这一切都不存在
我没去过那些地方
也没见过你

行走的墓碑

他们说，你走过的并不是田野
而是埋葬时间的地方
每一个走过的人都是墓碑
行走的，疲劳的
会躺下来休息的墓碑
那些碑文多么雷同啊
一面是惨叫
一面是微笑
嗯，疲劳的人
走过的人
伤心的人
大多数时候
你想再走一次
看看自己丢下的东西
也看看另一条路上
被丢下的自己

你飞了起来

你飞了起来

看见自己在一场欢爱中自燃

那些动作的意义被她藏起来了

那些声音也被她藏起来了

藏在白色的内衣里

你要飞很久才能靠近她

看见她一边流泪一边找你

徒劳地呼唤你的名字

你感到辛酸

亲吻合拢的夜晚

离散悄悄发生

那个小小的燠热的夜晚

互相进驻的空虚

星星尖叫的房间

还没有碎裂

就被恐惧填满
爱情像热气球那样出发了
你飞在它的后面
她的前面
却始终飞在剧痛里面

我的音乐生活

沿着铁路走了一个下午
两侧是秋天的树林
艾兰尼《永恒的一天》一直陪着我

坐在江边一块石头上
江水缓慢的远逝不可逆转
拉赫玛尼诺夫把哭声压得很低

午夜抱着一串霓虹灯
在石板路上散漫地舞蹈
肖邦的手指在紧闭的门上轻轻敲击

又一次看见她的背影
想到成长如此狼狈心酸
只好去和德沃夏克对饮

用《月亮颂》把求救信号挂在天上

梦见一个孤单的少年
静静伫立午夜山巅
满天星斗无声跃动
卡农、卡农、卡农
有多少阶梯就有多远长天

穿过死亡长廊
迎面撞上一些炭火般自焚的眼神
幸好肖斯塔科维奇来了
欢腾的《第二圆舞曲》
成全所有苦难和欢乐
成全不屈的沉醉

在周末闯进宋代竹林

在周末闯进宋代竹林

蝉翼般脆薄的事物

在官窑里上釉

时光美得像是一个谎言

和另外一些精美的谎言

雅集，在水边

波光潋滟的酒杯

终于倾覆

箫管里的悼词

洇湿了午后的江天

但是一幅画无法让你久居

清明的河边

东京梦华熙来攘往

春宵恨短雨住云收

后来，一个华丽多情的公子

望断中原江左垂老

后来，一个用电脑搜索历史的男人

把盏凝神半日无语

理由

尼采说：上帝死了
福柯说：人死了

风把咒语从耳朵钉进脑袋
愿意死的都去死了

死很容易
像迟到和翘班一样容易
像发胖一样容易
像惊恐地扔掉荆冠一样容易

但复活很难
找到复活的理由更难
在海滩沙地上重画一张不死的人脸
难上加难

现在我们将死未死

很想找到一个复活的理由

然后在钟声敲响时赴死

优雅而又从容

他们

他们撕下面皮

浸泡在唾液中

污水决堤了

十万颗心

被腌渍成屈辱的念珠

被历史之手反复揉搓

失去痛感的一天

被置放在判决书的首页

从此失去白天

失去昂然的行走

从此失去黑夜

失去安眠的理由

但我一直抱着一个疑问

站在晨昏交割的山脊

无法移动

生死追问
除了骨头上的一点儿光泽
是否还有别的荣耀

妄念

我写下一行字

又涂掉

几年以来一直这样

毫无希望地挣扎

我知道没有任何词句

能表达悖谬之爱

能像下午四点的斜阳

缝合这片土地上的裂痕

我知道妄念有罪

人们从会场散去

掏出怀中的鬼脸

揣起阴森的经文

那些坚硬的咒语都刻在身上了

历史之囚

长长的队列在风暴中踟蹰

他们冬衣华美

面容丑陋

这一切你全都知道

只是不忍细看

路基下到处遗弃的冠冕

她

她抱着肩膀坐着

一件黑外套抱住她

清淡而又干燥的脸

没有油脂

来自爱情的或来自空虚的

都没有

这是最性感的时刻

无助放任地裸露

解放和毁灭之门

危险地呈现美丽

她还年轻

眼睑下的阴影

只代表一个被梦想毁掉的夜晚

一切都来得及

至少还有十几个夏天

留给花瓣去攀附她多汁的身体

我喜欢粗粝整洁的事物

我喜欢粗粝整洁的事物

就像石头和阳光

不会被尘埃和腐殖质绑架

不轻易发出某种暧昧的气味

紧紧抱住时光之矢

抱住尘世涣散的波纹

挣脱诱惑让我感到舒服

谎言讪讪而走

死亡坦诚地打量我

几千年过去了

我们终于可以骄傲地裸露

生存最本质的部分

骄傲地受苦

骄傲地自处

骄傲地在镜子里

看见一张粗粝而又安静的脸
朝向恐惧深处的张望

大部分时间还在罐头里昏睡
早晨的浓雾还没消散
账单就来叫早
股四头肌被宿醉锁住了
稠重的血液涉过那些狭窄的河道
像一个末路英雄
在转弯处左顾右盼
好吧，她还没有出现
路不知走向哪里
一个雨滴
悬停在大灾难的前夕
像最后的水晶球
照见彼时的慌张
照见此时朝向恐惧深处的张望

黑色天堂

夜晚像亲人那样合上你的双眼

一次短暂的可以涂改的死亡

多么安宁

如同春水瘫倒在五月酥软的土地上

很多细细的茅草

从爱情撬开的缝隙里钻出来了

你梦见天空

云朵后面一个早年离乡的姑娘

回来了，泪水穿成的项链

挂在蔷薇果般甜蜜的胸前

她回来了，像是一个信使

告诉你一些可以期待的事

一些翻过墓园就能看到的节日

你也哭了

哭得比那个姑娘还无法自持

比一个幼儿还开心

你说我等到了这一天

那些来自明天的信件

每一封都藏着一个节日

而每一个信使

在这个黑色的天堂里

都是天使

夜雨

下雨了

夜晚被擦洗得像一块琉璃

我的雨刷一直在指点

那些店铺的窗口

怀抱炉火般明黄的灯盏

你好吗

你在窗子后面笑得这样轻快

袋子里的青菜正等着回家

细细的小香肠

还有啤酒

都在等待

像我这样游荡的人

像我这样陌生的人

一点点在锅里变熟变热

一点点开朗起来

一起围坐在一张小桌旁

讲一个没头没尾的故事

这本来也是个没头没尾的故事

一个没头没尾的晚上

曾经湿漉漉的

温暖又哀伤

深秋的故事

深夜，灰尘摆脱腥味的纠缠

矮小的楱椷

树冠被秋天拿走了

一顶帽子遮住日历被撕毁的脸

沉闷的屈辱裸露着

但御寒的本能已经醒来

站在星空无边的照耀之下

这仍然是个老旧的街区

整洁而又落寞

像一个退休的教师

每天教自己体面地起居

每天傍晚出门

检查那些损坏的街灯

并且记在小本子里

作为一份地图

提醒更老的人
更贪恋生命的人
更被孤寒撕扯的人

看见

我看不见你

但月亮看得见

我看月亮

看见月亮上的你

有好多年

我看不到月亮

看得见你

你就像月亮

每天来我的窗口值班

看守那些夜晚

看守那些涣散的梦境

那些夜晚

被月光抚摸过

变得安静

梦境也串联起来

成为一部搏动的小小史诗

成为月亮习惯的巡游路线

所以，你有时去了另一个地方

并不会伤害急切的眼睛

没关系，被祝福的梦境说

你和月亮

总有一个还在那里

钥匙

一把钥匙

在慌乱的手里

在沉默的午夜戳来戳去

那些黑暗的地方

那些藏匿渴望的地方

那些锁孔

不知所终

或者刻意隐忍

一直没有发出尖叫

直到改朝换代

直到太阳弭平阴险的漩涡

直到斑斑锈迹

查封无名的蠢动

但是有人在笑

一定有人

在某个地方

惨笑

手边的酒瓶全都空了

他的眼窝

也像锁孔那样

空了

如果

如果回到昨天

青草的仪仗还站在那里

小腿擦伤了

你咧着嘴笑笑

原来仲夏危险

如果回到前天

香烟的丛林同时起火

沉郁的灵魂啊

无论自毁的青春多么不可收拾

你一直是个少年

如果回到去年

她的嘴唇像樱桃狂吻夏天

你拍了照片

心想这是唯一的夏天

如果回到从前

你背着书包逃出校园

作业需要修改

分数需要修改

你说我要好好想想

也许该结伴打劫

解救逃课少年

深呼吸

深呼吸，你说

那条路在穿越黎明时还是崩溃了

沙粒和粉尘的星云

横在凌晨五点

一个神志衰竭的时刻

无法命名

深呼吸，你说

那串讯号在横跨大洋时还是迷航了

雷达一直在空转

古老的信件

被藏在一个安全的墓穴里

深呼吸，你说

那份爱欲在冲撞时间时还是失血了

列车运行在第三空间

时刻表失声痛哭

每一个车站都吐出死者

深呼吸，你说

身体在连接处还是熔断了

体液流溢的夏天

土地失去鼓胀胀的种子

深呼吸，你说

你呓语般地说

你像无法呼吸时那样说

失重是可耻的

大山，静默而又愚钝

把那么多骸骨抱在怀里

历史蒸发掉了

这一点点残损的证据

抵不过一场号哭

是的，总有些日子云淡风轻

悄悄掩藏真相

是的，你不是不需要

而是无法忍受

一个贫苦的母亲

粗糙的早餐后面疲惫的笑容

不被郑重地记录

不被当作一个光荣的瞬间

公正地珍藏

直到它变成一道咒语

挂在年轻人骄矜的脸上

明天

时间将航站楼冻结了
远方的雨雪倾泻污秽的咒语
你的光芒在抖动
极速而又危险地抖动
我总是在战事最危急的时刻
感觉到你的衣裾在城墙上飘舞
黑色的头发追打夜风
你的气味像突然炸裂的橘子
生命的汁液
爱情的汁液
瞬间腐蚀了我的战线
爱和恨胜负未决
像伴侣的身体那样镶嵌在一起
我被气化了
在一杯烈酒里深藏火焰

在对你的渴望里勒马盘桓

航班延误

血管里的风暴也延误了

好吧明天

是的明天

沥青铺就的夜晚

沥青铺就的夜晚

你穿过禁飞区回家

在门被敲响之前

脉搏一直敲打肿胀的时间

而哭喊的浪涌

抽打那些溃散的脸

还有笑声

被脂肪点燃的笑声

抽走尚未长出翅膀的肩胛

用脓血涂装每一个夜幕下行军的战士

他们要去远行

被一个虚弱的弄臣统帅着

穿越下腹部的湿地

去一个温暖的密营建国

但是你冷得发抖

翅膀上的夜色正在蔓延

傲慢的腥臭如影随形

回家，你说

我有些恶心，你说

我的羽毛就是我的棺椁

也是我的灵魂，你说

那个回望时尚可追忆的故园

也将在沉默中死去

那很好

你想在她的怀里

感觉死亡最后的体贴

用叹息安葬你们

用羽毛覆盖你们

隔世的歌吟

22点25分，下了一会儿雨
夜晚终于变得凉爽
像在冰箱里暂住的苏打水
细密的气泡相继爆破
一些时光就这样打开了
那些赤脚开始乘着拖鞋巡游
一场被冷落的嘉年华
时断时续
傍晚曾有一场杀戮
就在路边
一台割草机静静歇息
青草的遗体堆成小山
绿色的云朵里藏着醇酒
浓烈而又清芬
只有在死亡中飞出来的灵魂

才能如此元气充溢

全无衰竭之意

全无顾盼之心

就这样在万物沉睡的时候

铺陈一生最壮丽的时刻

一点儿也没有在意

有谁围观

有谁唏嘘

有谁统计空气的成分

有谁去叫醒上帝

有谁唱安魂曲

声音低得如同耳语

如同隔世的歌吟

辑四

那些不肯死去的
夜晚（2015）

午后的圆舞

一支笔在午后醒来

蹒跚着出门

去了去年六月

雨水刚刚多起来的日子

它还记得你

记得你躲在窗子后面的眼睛

还有旧旧的白衫

还有揉皱的信纸

你会告诉它些什么

卷土重来的欲望

和岁月逆行

多么孤单

多么窘迫和局促

但也只有这个时候

当一支笔悠悠醒转

当一个梦向另一个梦跨越

时间才被赐福

才被那些字迹拥着

开始圆舞

石头

我们看到过很多东西

遇到过很多事情

它们各自的朽坏与芜杂

让爱变得渺小

手足无措

天已经黑了

脚步有多沉重

绝望就有多安静

只有啤酒能让遗忘变甜

变得像日益紧缩的时空

今天，一个小杂货间就占据了我们

占据我们干涩的眼睛和手足

使我们深宅其中

不断地退守

直到回到自己的胃里

看见早年的食物

霉变，腐烂

像一块孤僻的石头

食物

一盘意面被吞食的时候

发出吱吱的响声

软体动物逃跑的声音

在琥珀似的昨天爬行

昨天，被遗忘吞食的昨天

你在墨绿色的胃液里销毁自己

这么彻底的恶意

到底来自哪里

到底要不要这么决绝

完全背叛食物的温顺

远离和解的嘴唇

它其实可以亲吻

而不只是咀嚼

上唇和下唇

练习一下

温软的依偎

安抚所有无疾而终的日子

你可以想象

这是另一种食物

藏在大衣的内袋里

像热带来的巧克力

总是忍不住

一边落寞

一边沉醉

言说者

我说话的时候

墙上的那些人还在说

粗鲁或尖细

急促或迟缓

但都声色俱厉

不容置疑

你感到不胜其烦

夏天就要过去了

时间流动最快的季节

叶子层层叠叠

拥塞在瞳孔里

你来不及挑选

哪些来和自己的阴凉做伴

哪些来和自己的耳朵做伴

我在窗口站了很长时间

静听四下里嘈杂的声音

但我并没有打算闭嘴

因为只有我在你身后

看见你后颈的绒毛

轻轻颤动

一颗细小的汗珠

正停在上面

体温

秋天的时候

体温计死掉了

整整一个暑假

它一直在操场上厮混

满头大汗的

脸涨得通红

像是青春期里慌乱的少年

是的是的

少年的体温

总是在山峰和峡谷间折返

他的恋人也是一样

夜雨的花瓣也是一样

无题

你歌唱它的时候它正在作恶

小小的爱情

那间花窖一下就被捣毁了

花瓣像星星那样撒在地上

香氛如酒

一下子就把灰尘赶跑了

把灰窗帘的皱纹也赶跑了

谁深藏凌虐之心

如你所知

一些生命寂然无声

它们沉静而又凌厉地死去

像花瓣也像星星

九月将尽

九月将尽

浩荡的流云和三角帆一起带走了她

黄叶低声喧哗

金色的队伍中断游行

对爱情的去向莫衷一是

新建的历史

让我感到轻微疼痛

好像突然通晓意义

在时光里搅起的漩涡

有时候离开的才真正到来

当空虚开口说话

混沌的岩浆才像琉璃一样碎裂

敞开心底的秘密

但关于她的秘密我选择沉默

如同无声的墓园

安放所有冤屈的灵魂

月夜

午夜，你在很远的地方沉睡
而我被沉痛带走
去了一个月亮正发出尖叫的地方

我知道此刻很多人正在亲吻
或者低声诅咒
每当恐惧登场
我们的骚乱
总是朝着不同的方向奔跑
我知道历史正哀怜地驶过天幕
仁慈地遗忘了我们

但我还是忍不住想象你的手指
像一只幼齿的海蟹
在海滩上优美地爬行

难民的船早就搁浅了

一些生命就此长眠

这时恐惧是咸的

你的手指是甜的

海滩上有一架被推倒的竖琴

而你是一段乐曲

是一段执拗的副歌

那些日子

那些日子从队列中逃逸

像节日一样自命不凡

你也像个愚蠢的情人

雀跃着被烟火裹挟

成为历史的炮灰和命运的注脚

你是可爱的

从时间的街口看过去

你在路基下的岩层里酣睡

仁厚得就像去年的残雪

不声不响地躲到人们无法确认的高处

躲到并不可靠的记忆里

这真可笑真可笑

就像一个冬日里的好天气那样可笑

就像一个谋杀中的吻那样可笑

静穆之地

凌晨五点

天黑得像那年的卫城

有些星星倏然坠落

有些车马从远处驶过

拖着长长的辚辚之声

沉睡像一座废墟

一部旷世之书

怀揣无尽的战乱陷入长思

没错，英雄之血凝成一件黑袍

裹住你的恐惧和怀疑

裹住衰老和空虚

裹住爱情和残喘的磷火

在黎明到来之前

返回静穆之地

捧着战士的残肢

默颂赫克托尔

战栗的牺牲

周末

你看见她在房间的一角

靠近窗口的地方独坐

阳光尚好

她的头发和瘦削的肩胛

泛着淡淡的银色

（不像今天蔽日的烟尘带走了一切）

房子里空荡荡的

她的赤足独踞地板王国

像孤单的玉兰花瓣

香味溢满整个空间

你喜欢这种感觉

充溢而又彻底

就像这个周末

捧着一本书从清晨读到深夜

追踪一种命运直到她显露真容

就像在异乡和一个女人

不间断地待满一个冬天

触碰到爱情和恩义最真切的纹理

是的，这当然只是真相的一个角落

是浩瀚星系中注定被淹没的消息

但当卑微的祈愿

在命运的尽头自毁

还是有一些光亮照亮了你

信

那封信一直没有写完

雷雨交加的傍晚

我去房顶值班

那里有个巨大的伤口

看得见星星的伤口

如今被爱情出卖

和夜雨撞个满怀

在雨水中我感觉不到哭泣

感觉不到泪水颤抖的羞愧

就那样站在那里

站在长信的半途

站在无人接收的地方

信总是形单影只

夜晚的洋面上

一只纸帆就那么出发了

投奔沉没的道路

而我留在码头上

留在天井敞开的伤口里

留在星群雪崩般的坠落中

复活让我停止死亡

我的指节敲击那些铭文

创面粗糙的铭文

泉水一样渗出血液的铭文

是谁把异世的咒语刻在里边了

喊声喑哑

钝钝地击打我的腹部

一串紧追不舍的回声

如同石头里蜷曲的魂魄

紧紧地抱着一个干缩的吻

直到今夜

记忆复活了一把刀子

粗钝不堪的刀子

在时间的墙面上

重新刻录那个故事

直到今夜

故事复活了一个人

被时间掩埋的人

在创口的凹痕里爬了出来

一个消息

时间说未来没有时间

但星系外边还有星系

你的表情变了

像冬天灰蒙蒙的早晨

失去对食物的渴望

去年夏天那些人来过

热烈的人

残酷的人

在沙滩上和露台上

闪亮的眼睛和皮肤

被芬芳的酒液施洗

你知道好生活应该拥有的一切

都曾来过

但未来有没有一间小屋

收留它们的影子

这是一个重要的消息

你想知道

这是一个关于援军是否会来的消息

你想知道

你好啊

电话没通

已经是十二月了

雪雾在窗外拥抱你

一道指令在餐桌上结晶

吃掉它

整个冬天就会待在自己的纬度上

不再浪游

像一个蹩脚的旅行者

用明信片收藏那些散佚的时光

是的，你最好不动

电话打回来的时候

你装作惊讶的样子

说你在哪里啊

穿人字拖的地方现在几点

真没想到电话信号这么清晰

好像听得到海风

和，低沉的浪涌

你好啊

一动不动的冬天

你好啊

沉潜多时的号码

一下子开出花来

你好啊

她不经意的笑和海浪声

比纬度多了翅膀

比季节多心

你好啊

你好啊

夜读

傍晚，一本旧书敞开着

宽阔的驿道回到罗马

好吧，维吉尔

你已经睡了

在凯旋的人马座旁边

还有但丁

残酷的游历止步于那年夏天

但她的长裙还在你的诗行里飘荡

那些门关上了

泪水和口水

制造的很多个雨季

都过去了

那些锁孔锈蚀不堪

有时你听见里面似乎还有声音

但无法确定

祝福或诅咒

是否还活着

是否还能像一片积雨云

降下热泪

驱策我们的表情

当历史的石头滚下山坡

谁能阻止西西弗斯的尸骨

不被碾压成一卷

不安的经文

是的，唯有逝者

才能窥见和平

灵魂的风暴

终于优美地平息

像一片橘红色的叶子

枕着下一个春天

安静地睡着了

无题

你知道我难以长久忍受贫困

像过去那些勇敢的人

只在来世和牺牲的荣耀上下注

不，现在我想要一杯酒

和一个木质的窗台

和一个默片一样淡棕色的黄昏

和一个手机另一端的人

和一些精美食物的图片

有时候我需要一台车

在远郊的土路上闲逛

还需要一间每次酒后都能找得到门的房子

熟悉到不开灯就能摸到床铺

睁着眼睛就能看见梦的样子

在每一个风雨交加的时刻

能用浴室的雾气包裹自己

莲蓬头喷洒晶莹的箭矢

让我在颤抖中死去活来

这一切足以让我活到明天

保持一定的续航里程

微笑所用的能耗

不足以让我瞬间死机

没错，这些卡路里和多巴胺

是你和王小波、聂鲁达一起给我的

是我珍爱的食物

几乎每天都能出现在餐桌上

这就很好

真的很好

那些不肯死去的夜晚

那些夜晚捧着一支蜡烛

掌心的河网里血液开始解冻

你说还有三个小时天就亮了

长夜将尽

谁还会掩饰我们的慌乱

谁还会鼓动泪水对你的侵犯

谁还会纵容烛火对你容貌的涂抹

沉睡终于窥见自己的愚顽

用十支香烟自焚

用一串呓语求生

但我们仍不知道

在亲吻中能做些什么

但我们仍不知道

在欢爱中能做些什么

辑五

短歌（2014）

河岸

沿着河岸

大地轻软

谁的脚印在沙滩上举棋不定

谁的歌声忽然跌倒

假寐在某个不安的夜晚

沿着河岸

绿柳如烟

你其实只是路过

你其实走得很远

你路过的时候像叶子

你走远的时候像春天

沿着河岸

有女如兰

你们在愤怒的丁香树下相遇

你们被紫色的酒液漂染

你们醉倒了

河岸起火

枯水季来了

天旋地转

节日

节日发出一道命令
部队开始集结
在那些路口
在那些胜负难料的时刻

重整旗鼓的岁月
带来捷报
城市准备好了

很多广场和很多酒肆
跺着脚
你的脸红了
很多年你的呼吸都没这么粗重了

但是午夜之前广场起火了

城市死在节日前夕
我们都白等了
解散吧，伙伴们
节日不在这里
也不在那里
它绕开我们的骚乱
去了别的地方

复活

在记忆复活之前
岁月一直是个假说
那匹马停在驿道上
那个吻踟蹰在嘴唇上
那次革命徘徊在愠怒的山脊上

但它不打算复活了
它蓄意如此
蓄意制造恐怖与慌乱

那匹马已在终点死去
那个吻已经孤注一掷
那场革命已经越过边境

你其实就来自那个地方
那个地方已经荡然无存

5月4日

天色灰沉沉的
一匹红色的马由近及远
连蹄声也消散了

城里的丁香树都在尖叫
失败的爱情总是难以自持
就这样结怨吧
就这样耿耿于怀吧
就这样在死亡的苦味里
溺死自己吧
时间真怪
吞下那么多腐败的食物
又吐出去
你是什么时候被吞下又吐出来的
是5月4日

还是随便什么别的日子

你最好和那匹马在一起
逃得远远的
等时间开始懊悔的时候
再回来

大雨

一串冰雹闯进五月
一串念珠散在怀里

餐桌上铺着青白阳光
你的手曾在去年来此造访

但这一年的单鞋刚刚出门
刚刚被一阵暴雨重创

只有你的香水还在
那些在空气中悬浮的花粉
悄然落地
我们需要一个仪式
收养昨日芬芳

雨又大了起来
它的清洗充满恶意
但你却笑了
昨天晚上你说
来日方长

故乡

有时候时间像只气球
一瞬间志得意满起来
空着肚子四处游荡

适逢秋天
很多节日正在来此赴约的路上
你守在村口
守着空无一人的故乡

是的，我相信你的泪水
相信雨季之后草率的溃败
但你要安静
非常安静
就像闪电那样
远远躲着雷声

当然节日总是喧闹的

它用一种异样的笑声

戳破气球

让时间流血

让故乡失去故乡

水族馆

凌晨，水族馆还抱着那些鲨鱼
谁都没有醒来
管理员和游客
还有甜美的空气
都没有结怨
这真好
史前时期真好
干干净净的
没有档案
一切都可以从头开始
让我们重温创世纪吧
趁全世界的眼睑仍被乳酸覆盖
趁健朗的饥饿还没被食物打败
让我们出门吧
去水族馆敲打玻璃池壁
让那些鲨鱼早点儿醒来

你的房间

我站在门廊里
手举在空中
在一条彩虹似的弧线顶端
停了下来
我听见风在身后逼近
五月的最初几天
阴冷的雨一直下个不停
丁香的花期被挡在南岸
你的嘴巴被挡在去年冬天

是的，我要敲门
用手指叩问房间
那是你的房间
是沉睡和眺望的房间
是逃亡春天的房间

是风和雨的房间

我敲下去

指节的疼痛带着一点儿兴奋

笃笃的声音跳起来

随即被风拉走了

我等着你开门

等着你开口说说刚刚过去的冬天

端午

那条遥远的大江在何处流淌

它的河道在大地上游移

在岁月里时断时续

但是你的诗歌早已干涸

你在星空下的愕然

终于被时间毁尸灭迹

朝饮木兰之坠露兮

夕餐秋菊之落英

你喂养的族群零落成泥

甚至都没来得及长大

就在尘土中长醉不起

只有粽子紧紧地捆扎自己

在哭泣的沸水中沉浮

等着绝望的龙舟

疾驰而至

搭救我

探望你

这一天

这一天
亡灵列队出行
他们沉默地行走
像在寻找自己的脚步声

这一天
墓园一直下雨
针叶林跟着我们
穿越东八时区

这一天
生者惶然不已
仿佛异邦的铁骑
正跨过边地

这一天

所有镜子都蒙上眼睛

内心的血案

得以隐匿

这一天

闪电把远空撕得粉碎

但雷声尚远

那些失重的亡灵

尚未安抵

无题

我总是以为那条土路

才会通向你

你的村庄和纤细的手指

我总是觉得那片清冷的海岸

才会看见你

你的奔跑和驻足的身影

我总幻想那间密室

才能容留你

你的声音和你的鲜血

我总是渴望

那串呼喊

才能穿透你

你的优雅和你的犹疑

还有你的留在相册里的细密的刺痛

你的永不反悔的笑容

你

靠岸了

你的皮肤上粘着海藻

你的脚趾在沙滩上昏倒

海风还跟着我们

跟着你纷乱的长发

和黛色的眼睛

也许我认错人了

每一个跨海而来的女子

都会回望海平面

灰色的云还在那儿

无声的浪涌也还在那儿

无题

一双旧皮鞋

在空荡荡的铁轨间

走走停停

夕阳泼在碎石子上

溅起一片明亮的声响

但牛仔裤管互相摩擦的声音太单调了

只好试着站定

风摇动裤脚

猎猎摆动

像是孤单的旗子

往日往时

我在山上
看见先贤们在更远的山上
你们好吗
有谁去探望过你们
漫长的岁月里扬尘蔽日
遥远的路途上雾岚重重
很多朝圣者死在路上了
他们的血液流干了
成为那条路上又一条大河
但是你们的血呢
它们是在山崖上变淡
还是染红了某块宝石
在岁月的岩心里苦修至今

但是我快死了

但是我想活着

但是我找不到那块宝石

但是我知道它在某个地方

指尖上的风

我伸出手去
被夜易装的城市
空荡荡的
有谁哭过
或者歌唱
空气中有好看的波纹
在指尖上变成风
好看的风
伤心的风
沉醉的风

秋天

我碰到了秋天
碰到了他最清瘦的年华
寡言的秋天
泪水在黄叶的下面睡着了
没有惊扰任何人
连一小节哀歌都没有留下
他在一个薄霜的早晨
带着简单的行李
走了，帆布鞋浅浅的脚印
一点儿慌乱也没有留下
是的，这不是一个故事
连称得上情节的东西都没有
连仇恨都没有
更不用说爱情
更不用说战争
更不用说处心积虑的衰老

你哭得如此节制

去年，在霜花上
有一道清晰的划痕
和一道寒意翻滚的声音

你蜷曲着身体
对命运爱理不理的样子
听时光日夜兼程
远逝如风

你哭得如此节制
像莩草在夕阳里优美的晃动
这真好
你失去了一切
失去了蒙尘的欢乐
但一点儿都没有慌乱
一点儿都没有多余的乞求

远方

一对冰凉的铁轨
从黄昏出逃
在这炊烟轻唤的时刻
你避开了回乡之路

你的脚踝和股四头肌
沉默很久了
就像水塘边的少年
爱上自己
而不是异乡

在前一天的梦里
你看见沉寂下来的战场
很多荒凉
很少力量

你希望撞上一个壮游者

李白和拜伦

或者阿蒙森

可以在大河边对饮

或者拥抱他们

看看除了体重

还能触碰到什么

这毫无希望

你还是走了

在哀伤的铁轨旁

上一班列车过去很久了

下一班还没有来

夜雨

夜晚像乳酸一样沉降下来
所有肌肉都被重力绑架
我在床上
被不安的睡眠重重地按在那里

此时正值初秋
杨树的叶子在城市怀里蹭来蹭去
一场恋情结束了
无声的泪水就是它的果实
所以夜半雨来的时候
我一无所知
只有一阵绞痛在胸口醒来
我艰难起身
靠在床头吸烟
听见楼下风摇动树冠的声音
看见雨水仍在窗子外面急速闪动

夜行者

夜，在一条环廊里走失了
铁铸的环廊
空酒杯在墙上的神龛里值班
而时针就像巡道工手里尖尖的锤子
为这段旅程送行
慢一点儿
你走了就不会回来
你的鞋底很硬
在街巷里留下道道擦痕

这是夜行者最难熬的时刻
你把自己扔了出去
在这长满毒刺的冷寂里
瑟缩地栖身

灯光的脐带在身后被剪断了

夜雾把小路折来折去

请慢一点儿

我知道这是诀别

你走了就不会再回来

老去

有一天愤怒会吓到自己吗
呐喊还没有出口
就局促不安起来
在嘴巴里转来转去
像是一个老人
假牙和肾上腺不见了
不挂拐杖的敌人也不见了
只剩下庭院里的踟蹰
只剩下布鞋旁升起的灰尘的云朵

无题

就像一粒灰尘

在风中丢失力量

就像一片花瓣

在雨中丢失春天

就像一封信件

在路上丢失地址

就像一艘轮船

在港口丢失海洋

就像一支夜曲

在歌唱中丢失喉咙

就像一对嘴唇

在亲吻中丢失呼唤

就像一双脚

在山顶丢失阶梯

就像一对翅膀

在巢穴丢失天空

就像一个爱人

在爱情中丢失爱人

就像亡灵

在死亡的那一天

丢失死亡

夜

一块亮晶晶的煤炭

被雨淋湿

怀中的怒火

无法引燃

但是我无法放过

沉默的引信

就像一支爆竹

无法放过不远处游荡的火柴

邂逅

酒红色的长裙

滑落

沿途经过时光被沉默绷紧的部分

如此缓慢

像是一个黄昏

我在荒凉的河岸上

在湍流的一侧驻足

对，这里应该有一个庭院

让你盛开

让你在那些藤蔓的下面

舞蹈或安睡

无论希腊还是波斯

或者古长安

琥珀色的酒液

总是在鼓荡和击打

轻佻的旧时光

直到我扑倒在你脚下

直到黄昏替代你的长裙

怜悯我

覆盖我

掩埋我

手术

那年你从手术室走出来
胸前的小丘不见了
像是一个荒寂的开发区
建设的允诺不见了
灯火和人声
像潮水一样退回到上个十年
你空洞地笑着
说我很好
还能和你们在一起
还能在阳光下安静地坐坐
真的很好

你像个刚交了罚款的司机
对交警满怀敌意
对道路诚惶诚恐

对好天气心怀感激

其实我们都没什么错

用不着感谢谁

只是运气还没有糟到不可收拾

我们来接你回家

还会经过你被警察拦截的路段

别害怕

你靠在我肩上

十秒钟，我们就走远了

奶奶

奶奶，我又看见你在灶间

在案板上和面

肩膀一耸一耸的

紧闭的嘴唇

粗重的叹息

几十年了

那个被一锅汤面照亮的冬日傍晚

让时间弯曲

让记忆回旋

后来你坐在小屋的土炕上

一支烟升起岁月的疑云

是啊，谁为时间签下收条

郑重地看着我们

或者握下手

道声辛苦

没有

毫无声息的日子

仍旧毫无声息

你吸烟的时候两腮瘪下去

烟头一下子亮起来

你手指上的面嘎巴儿还留在上面

辑六

往事（2013）

往事

一

在公共浴室
雾气鲁莽又慈悲
围困我们的冬夜
很多人不再出门
而我们宽衣解带
在四十摄氏度的水中安居
在裸露中感到自由
年轻真好
臀部和粗陋的文身尖叫起来
为多年以后的屈辱史
为岁月的干涸
为此刻荒诞的力量

你最好离家出走
在某个山冈上
把身体献给阳光和山风
那时衰老已无意义
时间无法掠食
而你终获自由

2013 年 1 月 13 日

二

这是飘雪之夜
雪花在对面楼宇的灯光里
鱼贯而下

周天寒彻

我躲起来了
躲在引而不发的疯狂中
躲在隔岸观火的爱情里
多美啊，大风雪

总得有什么东西出来捣捣乱
这世界才变得足以让人忍受
才让我们对时间的承诺保持期待
期待星辰隐没的时候
明天也如期而至
是的，我捧着一杯热茶
内心充满感激

其实我们都有点儿老了
因为历史的拖欠
生命朽坏
脚步迟疑
所以清算者啊
你必须是凌厉的
所以立法者啊
你必须满怀恶意
直到另一个早晨
遗忘所有债务
从一无所有的饥饿中
蓦然醒来

2013 年 4 月 24 日

三

如果你有星星和敦厚的夜幕

迟缓而又温凉的手指

你可以起身出门

或者身陷重围

自由就在手边

在头脑里最靠近快乐的地方

但是"如果"是一个陷阱

是埋葬空虚之所

是我们对付失败的逃逸之路

呵呵，如果"如果"不在

你会夭折的

在早春二月

死于青黄不接

死于走投无路

如果昨夜有一串脚印

一定早已越过凌晨

踏上橙色的山冈

2013 年 4 月 24 日

四

穿过春雨

头发变得像四月瑟缩的水草

滴下水珠像时间的帘幕

你在这儿等了多久

在这个破旧的门廊里

煜煜生辉

你就是来照亮什么的

是的，没有别的理由

该让你在雨天灰暗的时光里

独自一人跑这么远的路

来送一封旧岁的信件

其实它不是写给我的

也不是写给任何人的
我们一起想象写信的人
少年或是老者
在这厚厚的纸张上
写字的样子
他一定是哭过
一定是咬着铅笔坐到凌晨
你很难过
说我们有很多时刻
可以心怀慈悲
你是对的
我抱着你
感到你的体温是另一种慈悲
是另一封悠长的信件

2013 年 10 月 1 日

五

那个下午

后来被我夹在一本旧书里
温凉的阳光洒在地板上
你忧伤的脚趾沉默着
短暂的啜泣
把空气弄皱了
一杯红茶
香气淡远

几年过去了
我不再翻动
那些泛黄的书页
因为我一直被翻动
岁月的手指一刻不停

后来我听见了哭声
在一个午夜
渐渐汹涌
像融雪后山间的径流
我坐在床上
摸索着那本书
想要安慰它

安慰时间骚乱的队列
但是我不能
我又触摸到你的脚趾
转眼就被烫伤了
被那一刻沉默持久的存在攫住
没有觉悟
仍然慌乱
可是这时命运又像一个吻
杯盏空了
香气袅然

2013 年 10 月 1 日

六

要是十年前你看见我就好了
她喃喃自语
这是一个哀伤的邀请
邀我逆行到她生命的白垩纪
在一棵李子树下

春天正撒下一片白花

是的，你现在习惯坐在墙角
一声不吭
清冷的脸沉入黄昏
我也不知该说什么
面对往事
面对陈旧的故事
说什么都显得轻佻

这是个美丽的时刻
尽管贫困像烟雾
围困肿胀的手指
但还是有云朵
痛苦的云朵
辛辣的云朵
伤心的云朵
赴死的云朵
缓慢地无声地
升起来了

后来，一支香烟
在十年之后
在暗淡的书桌上
睡着了

2013 年 10 月 1 日

七

夜深时有一阵歌声升起来了
普契尼，从一个遥远的清晨
送来溪水般明澈的女声
我感到快乐
感到一种不期而至的善意
规劝我的衰老
是的，爸爸
今天是父亲节
我的爱从简陋的床铺上爬起来
向你眺望

向你佝偻的脊背

和拖沓的脚步

俯下身来

哭泣是没有用的

面对时间的摧折

保持沉默的郑重

很有必要

是的，爸爸

爱很艰难

我们用一生的辛酸和窘迫

也难以让它变得充盈

现在我也开始衰老

还没有准备好

一切就都开始了

快乐也是

我只来得及看清它的背影

匆忙地消失在树影斑驳的小巷尽头

是的，我们都会成为背影

成为长廊上的浅浮雕

在岁月的灰尘下面

愚顽地保持坚硬

2013 年 10 月 1 日

八

船歌石化在六月
涟涟水波像塑胶跑道
终结在某个锦标坍缩的黑洞里
你迟迟没有醒来
这个秋日一样是幸存者
是代际更替后
一个孤单的飞地
怎么办
朋友们走远了
甚至依恋的痛楚也走远了
我被冻僵
想要找顶帐篷喝杯姜茶
想要找个爱人对冲寒夜

是的，落叶的明天是屈指可数的

船歌休眠了

在宇宙的某个角落

偃旗息鼓

像长颈龙和翼龙一样

偃旗息鼓

是的，世界太浩瀚了

想想看，那些怨恨和不安

也像幸存者

偃旗息鼓

可是旗子死了吗

还有鼓，它的沉闷的吼叫

在谁的幻觉中

嗡嗡作响

2013 年 10 月 2 日

九

电子音乐在哪里接驳

帘外的秋雨

你不知道

在哪里停靠

残旧的诗稿才更接近故乡的码头

天很蓝

也许比融化伊卡洛斯的要差一些

但比陈子昂看到的要甜美许多

真要命，编年史没有沿着那个长廊列队而来

它像汛期的大河

顽劣地四处奔突

可是我们却要享用它的柔顺

享用书写历史时删繁就简的痛快

可是窘迫埋伏很久了

最后是它享用了我们的谦卑

可是思想是否应该跪下

不再为疯狂所苦

可是我们死过很多回了

复活真是件累人的事

可是……

天又黑了

音乐疯了

像个不安的祭司

拍打街道冰冷的脸颊

2013 年 10 月 4 日

十

早上大雾

爱情被能见度绊倒了

是啊，这让我如何起身

手伸出去

木门吱吱作响

夜晚和暧昧的历史又回来了

一直纠缠到十点的钟声响起

难以名状

难以挥散这灰色的穹顶

你那边几点

越洋电话在海底爬行

我听见你的声音都汽化了

好吧，让我试试

沿着最熟悉的那条甬路

沿着路边黄叶的拖曳

沿着你暗香浮动的沉吟

看看能走到哪里

反正我们的来路被毁了

反正我们的去路也被毁了

2013 年 11 月 7 日

十一

这一天你又变成了少年

更大的花园

更大的游乐场

为你建国

是的，一个崭新的国家

簇拥着你

这快乐时光

让沉痛的泪水无处藏身

让父辈的阴郁变得可笑
这背叛，这背叛的背叛
早已脱罪
天多么蓝啊
世界像一把水果糖
铺就一个永恒的星系

这就是你的食粮
这就是你的国家

有一天，你会戴着皇冠
在时间的庭院里跪下来
聆听王朝边境的骚乱
和秋天雨落的声响

2013 年 11 月 8 日

十二

窗外就是迟滞的河水

红茶明艳而又温暖

就像最好的情人

你笑了，嘴角如同一把小巧的折刀

是的，这不是最好的重逢

命运把时间弄乱了

时间把和解冷藏了

但是我们找到了一种语境

找到了艰难时势暧昧的秘密

好吧，让我们开始对话吧

面对敌意重重的世界

让我们躲开吧

从一个更远或更人迹罕至的地方

拆解或重建敌意

重建胜利的企图

是的，我们有过的一切多么混沌

纠缠了这么久

这个早衰的民族

辜负了红茶情人般的洗涤

辜负了青花瓷清澈的陪伴

成为大地上啸叫着爬行的生物

是的，这真难堪

连爱情也变得这么琐碎灰暗

反悔吧

我们可以反悔

像每天喝茶一样

每天擦洗身上的某个地方

直到它破碎或者发亮

河水还是窗外不动的画幅

红茶倾尽

你知道它流向某个地方

2013 年 10 月 13 日

十三

有那么一瞬

你感到光明

又感到不适

自己，和这个世界都如此狼狈

如此不堪审视和嘉许

但它是真实的

阳光很好

你从一场深沉的睡眠中醒来

走在午后的街边

感到元气萌动

人很少

大家都在某个地方工作

或者躺在医院

把安全感藏在护士的脚步声里

是的，苦难被暂时融解了

在附近的什么地方

一边涣散

一边聚合

我们刚好可以干点儿什么

逃离或返乡

在路上

在对忍耐和精力的礼赞中

完成一生

或者至少完成这个下午

2013 年 11 月 2 日

十四

秋天走得很快

早上的雨水草率地洗刷庭院

还有些黄叶拖住你

向你的生活表达歉意

是的，我们都失去了能量

爱不再提供理由

深呼吸

苦役的甜味消散了

空气里有些汗渍在讪笑

是的，吃早餐需要些力气

去换取另一些力气

西西弗斯啊

还有斯科特和阿蒙森

力气是个传奇

你们同意吗

你们喜欢暗淡的神龛吗

吃点儿东西吧

我们都需要找到肠胃

找到代谢的起点

是的，早晨短暂
像件过季的衣服
脱下它，你就暴露在时光的风暴里

2013 年 11 月 20 日

十五

风暴来了
地板在轻轻抖动
我在 26 楼
在这么高的地方
看见风就像一条河流
挟带各种漂浮物
扑面而来
有那么一瞬
身体绷紧了
独居的好处是时刻对危险保持警惕
所有感官都在饥饿中低吼

是的，和自己距离太近和太远都很糟糕

都容易失去位置

失去和自己相处的角度

失去和风暴长谈的机会

但是自言自语直到蓦然醒转

默默远眺直到暮色苍茫

都是列车中预定的旅程

那些中毒的词句

像枕木发出轰鸣

2013 年 11 月 13 日

十六

一切坚硬的东西都烟消云散了

是的，看起来就像是暮春

最坏的暮春

水偷走冰的决绝后变得很凉

是的，湿地瘫软下去

变成无耻的产床

恶心的蚊虫又回来了

成群结队地回来了

如同撒旦的云朵

记忆模糊起来

思想也是

先贤们的著作都被锁起来了

锁在昨天的隧道里

像是一个凭借猜想才能回去的世界

是啊，那些冰和石头是怎么凝结起来的

那些宁静的眼神

那些窗棂上辛酸的手指

那些发誓还乡的背影

那些在黑暗中才能感到的体温和鼻息

遗忘和怀疑谁更可恶

谁更像这个惨绝人寰的暮春

毫无羞耻地瘫软下去

2013 年 11 月 13 日

十七

傍晚，停电了

荷尔蒙瞬间蒸发

薄暮一点点掩盖那些街路

高架桥疲惫不堪

屈辱的爱欲从上面急驰而过

黝黑的路面多么荒凉

你带什么回家吃饭

用什么打发这个夜晚

一部电梯卡在九楼和十楼之间

惊恐的母语一直挂在上边

是的，城市像一场伟大的灾难

席卷莫须有的少年时光

漫长的游荡

和汗湿的脊背

都被收缴了

凝视的眼神

和深长的气息

都被销毁了

我们去禅修的庭院里静坐吧

去那个小小的乌托邦度假
然后回来
在这场风暴的核心
细听它激荡和衰变的声音

2013 年 11 月 20 日

辑七

札记
（2007—2008）

札记

一

多少晨昏寒暑在大地上一晃而过
脸上的影子飘过去了
但黑色素悄悄堆积
今天，就在今天早晨
你出门后我无法入睡
看见阳光像橘色的汁液
在墙壁上流淌
这样的场景让我恍然如梦
这一切，这一切从远方飞来
从最远的远方
从我出生之前
就一直上演
是的，我们在重温

一部史诗，只是
死亡把记忆切割成无数陌生的段落
我们兴致勃勃地上路
沿途的呼喊从树林中箭矢一样飞出
啊啊，那么多伤心的少年纷纷坠地
在泥土中抽搐着发芽
细瘦的身体钻出地表
长成一片风中的灌木

二

我在这一带出没很多年了
灰色的楼群是二十世纪的早产儿
现在它们是阴沉的居所
褐斑里藏着干裂的歌声
苔藓下面生机盎然
有一段时间我在外面游荡
住在另一个城市的公寓里
那里的一切都是生涩的

墙面雪白而又整洁
窗子上的油漆还没来得及剥落

我上夜班
为一张晨报挑选新闻
城墙那儿又有人被劫
那是一个好看的妇女
她被人亲了一下
嘴角留下紫色的吻痕
好多次下班的路上我幻想被劫
一个强悍的妇女来替她的姐妹复仇
她把我顶在墙上
吻得死去活来

我总是在天亮时入睡
我的窗帘有五毫米厚

有时候我被梦境劫走
去一个熟悉的地方
看见在故乡的院子里

一蓬大波斯菊

寂寥而又热烈地开着

一场雨后

所有的花蕾都爆开了

怒放——多么传神的字眼

它们一定是为了抗拒什么

才一瞬间用美丽自焚

可它们又那么自在

在人们的目光之外怡然自得

它们是神圣的植物

悄无声息

自生自灭

三

现在我有很多话羞于出口

我爱过一些人

后来我们互相伤害

只好怀揣着怨怼彼此逃离

其实我们是打算好好相处的啊
但还是中了宿命的埋伏
好几个秋天踩着窸窣的黄叶走远了
冬天、春天、夏天也列队而过
最初的愤怒在爱情的血痂下变酸
你不要碰它
它会流出一些汁液
腐蚀余下的日子

四

我一直想做一个歌手
渴望在电视塔上唱东蒙长调
那歌声是一派劲风
在城市上空盘旋
我能惊扰谁
我能抚摸谁
一直到她入睡

有人说崔健老了

可是有人在贪恋玩具的时候就已濒死

你多么年轻多么骄狂

这是一句咒语

你从未死亡也从未活过

这也是一句咒语

你不再是穷光蛋

所以忘记愤怒

一无所有是青春期的故事

你只是缺少睡眠

只是睡眠

两次婚姻、若干反目的情人

这些黏稠而又朽败的东西

让你伤心地看见自己

也在其中

刮了一夜大风

早上起来想也许我该抽脂

不是从腹部

而是从脑袋里

五

有时候，一段柔美的弦乐飘过来
就挽救了一个下午
那是木头的歌声
像风掠过树梢
像爱情最深处的哀怜
像一段模糊的耳语
我愿意相信这是天遣的使者
在我手上留下一些淡淡的字迹
可是我的下一个下午
有谁会来探望

六

但一些奇幻的时刻是这样来临的
全世界的电视都惊恐地睁大眼睛
看见两只钢铁的大鸟优美地转身
在世贸中心的火光中做巢

所有的嘴巴都失声了

你发现真正的史诗性场景

都是一部默片

有一些人用勇毅之血

浇灌闪光的死亡和仇恨

那么多东西一瞬间倒塌了

倨傲的和卑微的

庞大的和渺小的

华丽的和简陋的

嚣张的和沉默的

勇敢的和怯懦的

公正的和偏狭的

文明的和野蛮的

凌辱的和含冤的

可敬的和可笑的

正义的和邪恶的

壮丽地舒缓地永远地

倒塌倒塌倒塌

这次我们知道了什么是大事

够在唾沫里咀嚼半年

有人写了书

有人拍了电影

更多的人找到了谈资

有个亲属从纽约回来

送给我一个钥匙链

说那是世贸中心残损的骨骼铸成的

我握在手里

感觉到它的悲凉和坚硬

然后在鼻子底下嗅了嗅

闻到淡淡的腥味

七

我看见一代白痴死于娱乐

这是真的

大批弄臣一夜间篡权

领导这场全球性的疟疾

大家一起筛糠的样子真是波澜壮阔啊

有时候台下的人揭竿而起

指定一个更大的白痴为王

我们喜欢我们喜欢

他就是我们的化身

就是我们在镜子中常见的

那个眼熟的家伙

谁也不是历史的主人

都是客串而已

不过是客串而已

八

有一段时间我迷恋生病

在医院的观察室里打点滴的时候

有一种深邃的安宁

在静脉中流淌

穿白大褂的护士小姐

每天用尖尖的长喙

在我的手背上轻啄

她的眼睛像索菲·玛索

双颊像张曼玉

她脚步轻曼像神异的猫科动物

我喜欢三疗区

喜欢走廊里的来苏儿味道

"求求你，我的护士姐姐

求求你，我的大夫老爷"

真可笑，这一切多么温暖

我是在这儿出生的

从这儿开始望见纷纭的世界

我申请入籍

后半辈子就在这个来苏味的王国里

打发掉吧

九

我在立交桥上发呆

每一次经过这里都会迷路

越是小心就越容易看错指示牌

妈的，好多年前这里曾是街垒

两伙人你死我活地拼杀

却是为了保卫同一个人

这多有趣

诡异的战争、魔幻的历史

不是为了血腥

而是为了费解

令学者们绝望而又痴迷

但是几十年过去了

现在城中的道路在这里打了个结

专门和司机作对

不远处有一家食品厂

从那边飘来糖浆的味道

甜腻得让人头疼

我不想和任何人为敌

但是敌意无处不在

像是浮尘、酸雨和赤潮

像青铜色的咒语

一下子漫过你的头顶

有时候它们消失了
退回到地平线的那一边
但是并没有死亡
只是在你的遗忘中休眠
呵呵，你活着
在一片沉寂的背影中行走
成为死亡者的叛逆
于是被死亡追杀
直到同归于尽

十

帕斯卡尔，一缕游丝般的声音
在昏黄的薄暮中，说
我们是一棵苇草
都是，每一个人都是

只是我们可以用记忆
在心里刻录风和挫折

只是我们可以用不幸
来表达对此生的爱恋

还有呢
阳光透过云层
青灰色的天幕上
金色的琉璃铺下天阶
它是谁的甬路
是谁，将跨越此生

也许，我们只是苇草
尽职地活在风中
或者一起摇晃身体
拍打着风
在它的空虚和激愤中
敲出飒飒之声

十一

我读聂鲁达

沿着他的诗行拾级而上

在阿兹台克的残垣中逡巡

武士们的骸骨不见了

石缝里有妇女们灰烬似的叹息

遗忘是凶残的

我的窗外车水马龙

烤肉在炭火间快活地翻滚

然后啤酒的潮汐如期而至

为谁干杯

罗纳尔多也是从那片大陆上来的

但他不是青铜武士

是个可怜的玻璃人

上个赛季一直在养伤

他在巴塞罗那登陆

和当年哥伦布的壮举

有什么不同

十二

沿着疼痛你会跑向哪里

沿着幸福的战栗你会在哪里跌倒

现在是新年

一连串的日子

追逐着喧哗着

推搡着我们的肩背

是啊，我们有过那样的时刻

泊在一片琥珀色的阳光里

而你，笑得那样透明清甜

我为你写诗

那些词句像无声的焰火一样漾开

爆破声埋在心里

埋在快乐和痛苦的夹层里

我们在流淌的时间里撒下一些籽种

很多东西都被带走了

沉淀在远处的什么地方

然后发芽，开花，结果

这一切我们无从知晓

但是我们要活下去

不仅仅因为基因的冲动

那些神性的时刻

我们从中学习和记住些什么

还有爱情

为什么总给我们水晶和云霓般的承诺

电影演完了

音乐还在延续

影院的灯亮得刺眼

我们醒来又睡去

陷入无助的轮回

梦是善和美的

是爱情的食粮

可我们去哪儿找到一种巨大的仁慈

来喂养梦想

也许遗忘是仁慈的
我们关上身后的那道门
就把那些酷烈和绝望之事
关在了身后

十三

时光飞逝
这湛蓝的一天是用泪水洗净的
而混乱的爱情渗入泥土
悄悄躲进丁香的根茎

衰老在一条土路的尽头
像列维坦的《弗拉基米尔大道》
在忍耐、咆哮
和牺牲前的静默中
收获尊严
收获此生的重量

你这倔强、微小的一生

能否被纪念

凭什么

我们要接受

这条长路上的酷烈和羞辱

凭什么

我们写下这些文字

让鲜血和野心在历史中结晶

或者打着哑语

和懵懂的后来者漠然相对

这个疑问是没有尽头的

可是我们的生命总有尽头

像散佚的残简

无法拼读连缀

让石壁上的启事录

在魔咒中发出幽暗的光芒

所以有人会在疼痛中欣悦地呼喊

所以有人在对前世来生的怀想中耗尽此生

十四

酒后，时间滑落到灰色的清晨
柏油路面湿漉漉的
脚步声从远处折返
你白色的脸庞在窗帘后面
你黛色的眼神在晓雾的后面

每一个夜晚
每一个夜晚
每一个纵情和失悔的时刻
每一段被欢乐刺痛的沉沦之旅
手足无措的一生
就这样在晨昏交替中
步履散乱
脚印清晰

长笛银色的声音在河面上流淌
你的手指无声地跃动
我们微笑

我们回家

而家是一只船屋

是流水上漂泊的一枚小小的坚果

十五

我们发现

自己被埋在历史的火山岩下面

那一瞬的鲁莽是在史前时期

在混沌初开之际

在追悔抵达之前

一派沉寂

我们沿着大陆的边沿

小心翼翼地搜寻

海浪在脚下聒噪

鸥鸟在痴望中坠落

时间和命运像一副玻璃棺椁

我们的前世今生

我们的死与活

我们的爱与恨

都在惊愕中对望

呵呵

我们在一场葬礼中长大

在衰老中轻狂地远行

在一次逆时针的漫游中

看见我们来的地方

雾失楼台

月迷津渡

十六

在路上

路和时间混淆一处

人就是岁月疼痛的触点

在路上

双脚互相追逐

歌声缠绕，成为美丽的绳结

在路上

山把大地折叠起来

一堵墙友善地站在风的侧翼

在路上

雪花凝结在四十岁的早晨

一支香烟慢慢自毁冤魂不散

在路上

我们被力量驱赶着

红色的浆果在枝头兀自成熟

在路上

鞋子拍打地面亡灵纷纷惊醒

爱情辛辣的目光烫伤褐色的脊背

在路上

我啊是命运派出的一支箭矢

射中自己缓缓坠地

十七

镜子里的那个人是从外星来的

惊惧和猜忌在眼中躲闪

然后是对峙和角斗

他血腥的气息喷到脸上

你哇的一声吐了出来

呵呵，从烂熟中喷溅的陌生

是能杀人的

嘿

我们，我是说——我

在地上摔得粉碎

在尘土中像水珠一样狼奔豕突

以匿名的方式潜入地下

在最好的年代

我们魂飞魄散

在最坏的年代

我们锦衣玉食

十八

你的眼睛每夜在门后升起

你的手指每天在空中舞动

你的歌声从斑驳的墙壁上滑过

在楼道里卷起一股小小的旋风

生活啊

你连绵不断的日常场景

晃动了一下

又晃动了一下

而我在其中

颤动了一下

又颤抖了一下

但这一切

在泪水中浸泡过的一切

离海，离它幽深的喟叹

还很遥远

十九

玄色的火中有一条琉璃路

你赤着脚走过去

紫水晶小小的巢穴就在那一边

去年秋天

在一本旧书里被夹扁了

而我，也被夹在脆薄的书页之间

像是一堆散佚的文字

失去意义

失去紫水晶好听的咒语

很多时候

我们悄悄祈求

一次冷酷而又坚决的死亡

烧掉历史的残卷

翻新记忆

翻新我们受伤的洁癖

也许，真正垂死的

是死亡本身

是腰斩来路的决绝

啊，那就和受辱的初衷

和残损的腿与鞋子

和解吧

和衰老的呼喊

和背叛的沉默

和解吧

和暗淡的紫水晶

和干枯的眼神

和解吧和解吧

我们还在和死亡暧昧地对峙

对下一个早晨欲罢不能

对隔夜的爱情意兴阑珊

二十

就像今夜
黑暗忧伤而又慈悲地覆盖我们
你在她柔软的披肩里
安静地蜷着身体
那杯酒还在窗台上
可是此前的岁月却无声地沉在杯底

我们还要不要保持疼痛
要用什么确认它
尖锐的爱情
如果我能说出
那个秘密
如果这一生的血肉
能够抵偿灵魂的债务
那么快乐就不会背叛
而沉醉就是今晚的夜曲

嘿，你

美丽的姑娘

请站在窗口

让街灯微黄的光芒捧着你的影子

让阵发的疼痛赞美你无声的笑容

二十一

天暗了下来

大雾和安魂曲一起降临

松树的针叶嵌在黑暗里

愤怒的芒刺

在寂静中隐忍

你的眼睛贴在车窗上

贴在微凉的隔膜上

总有一天

你的爱情出发

向冷漠混沌的时间

发起长途奔袭
你的鲜血
烫伤大地暧昧的植被
你的失败
骄矜地在脸上闪亮

是啊，在岁月的山脊上颠簸
我们只能交出自己
才能找到自己
我们只有献出血肉
才能祭奠灵魂

二十二

一个复仇者的故事
莫名重演
伟大的忍耐和执拗的目的
突然点亮了一小段混浊的时光
黄昏、黄昏

在昼与夜的交界处
被一个传奇击中
不安的脸
紧攥的手指
就这样塞满虚空

仇恨是有重量的
但宽宥没有
回忆是有重量的
但故人没有
时光是有重量的
但历史没有
爱情是有重量的
但爱人没有

是的，我们的心智和爱欲
就这样被半路截杀
我们世代不绝的梦想
变成一个口信
在风雪弥漫的驿道上冻僵

如果我们自己成为信使

丢失了祖先的信件

会不会向自己复仇

斩杀失重的游魂

复苏大地上的梦想

二十三

深入暗夜

像潜在海底

稠重的荒凉围拢上来

四周的冰冷有紧致的密度

那要我怎样呼吸

怎样呼喊你的名字

怎样靠近心底最忘情的篝火

我梦见去年

一起在山坡上的风中枯坐

干黄的蒿草下看得见积雪

和我们轻轻晃动的影子

后来钟声响了

我们相视而笑

快乐来了

不要躲闪

也不要追赶

就这样和它待在一起

就这样和它默默相拥

再看它轻轻转身由近及远

可是这一切

和我们隔着很少的光阴

却隔着很多的山峦

我们被什么摄住魂魄

被什么挤压成两块邻近的石炭

遥遥相望

无法点燃

二十四

我听见沙漏的呻吟
看见自己在追打自己
被殴者的嘶吼，和
追逐者急促的鼻息
凶狠地交媾
撞击出哀痛的交响

从冰河期开始
多少物种消亡了
它们的骨殖完全石化
成为隐秘暗淡的历史
你用力敲击
也不会有哭喊声
来惊扰你的耳朵
是啊，我们梦想尊严、善意和温暖的生活
可是时间却来调笑
用虚无和恐惧
敦促我们自毁

完成流血的自渎

可是神性的渴望还在呻唤

如果没有复活许诺下的糖果

如果没有金色的天堂路

我们还能否为尊严和优雅守灵

成为历史风暴中

一个残损的剪影

也许只能寄望爱情

铭记灵魂的债务

砸碎自己的骨头

成为生命倔强的薪火

2007 年 5 月—2008 年 11 月